Fábulas

de Leonardo da Vinci

Recontadas por **Eraldo Miranda**

Ilustradas por **Du Andrade**

Para Erivan, Renata, Pedro, Igor e Iuri com alegria tecida em fábulas.

Dados Internacionais de Catalogação na Publicação (CIP) de acordo com ISBD

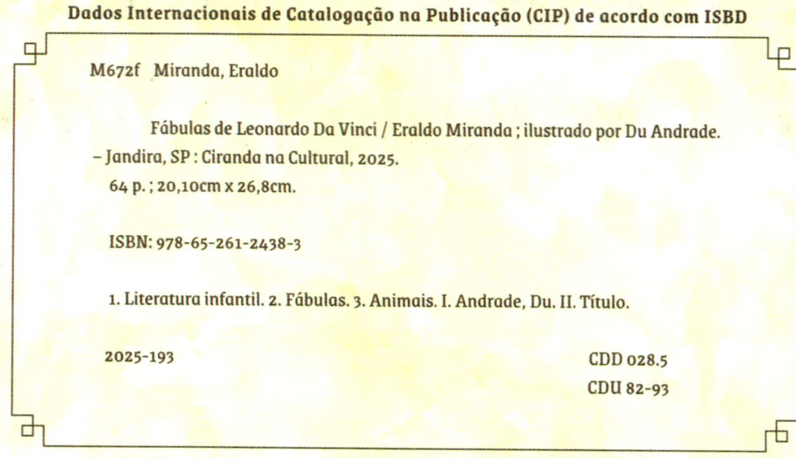

M672f Miranda, Eraldo

Fábulas de Leonardo Da Vinci / Eraldo Miranda ; ilustrado por Du Andrade. – Jandira, SP : Ciranda na Cultural, 2025.
64 p. ; 20,10cm x 26,8cm.

ISBN: 978-65-261-2438-3

1. Literatura infantil. 2. Fábulas. 3. Animais. I. Andrade, Du. II. Título.

2025-193 CDD 028.5
CDU 82-93

Elaborada por Odilio Hilario Moreira Junior - CRB-8/9949

Índice para catálogo sistemático:

1. Literatura infantil 028.5
2. Literatura infantil 82-93

Coordenação editorial: Elisângela da Silva
Edição: Daniela Mendes
Preparação: Luciana Garcia
Revisão: Adriane Gozzo e Angela das Neves
Diagramação: Imaginare Studio
Produção: Ciranda Cultural

1ª Edição em junho de 2025
www.cirandacultural.com.br

Dentro das páginas deste livro, há um enigma. Em cada página com ilustração, podem ser encontradas letras cursivas, maiúsculas, minúsculas e espelhadas, que, juntas, formam uma palavra. Ao formar as palavras, uma frase será revelada com **25 palavras**.

Reflete, ó espelho meu, tantas são as palavras ocultas quantos os seres que povoam a capa deste livro.

Du Andrade

Bem-vindos ao universo das fábulas de Leonardo da Vinci

As belas fábulas que você lerá nas páginas deste livro são obras de arte e do pensamento de um dos maiores e mais versáteis gênios de todos os tempos: Leonardo da Vinci.

São histórias magníficas, frutos de um narrador fantástico, de espírito curioso e explorador, que sempre viu na natureza e nas criações dela inspiração para muitas de suas ideias e invenções – até mesmo para as fábulas que escreveu. Leonardo entendia que, para ver, não bastava apenas olhar, e sim tocar. Foi o que fez: tocou no coração da palavra e presenteou a humanidade com fábulas que trazem ciência e fantasia: as molas propulsoras de seu pensamento e experimento.

As narrativas aqui escritas são carregadas de moralismos, próprias deste gênero literário, no qual as personagens principais, na maioria das vezes, são os elementos da natureza: animais, plantas, pedras, fogo – e que falam, agem, ora sendo afetados, ora beneficiados por suas atitudes e escolhas.

Preparem-se para ler curiosas fábulas, resultado da sabedoria de um homem que comparava o ato de ler à sua capacidade técnica e sensível de observar o mundo: “se olhar simplesmente a página do livro como um todo, não entenderá nada; é preciso ver palavra por palavra, na sua ordem correta”.

Sumário

A neve

Na montanha mais alta do mundo, bem no cume, havia uma grande pedra. Na borda, bem preso, havia um pequeno floco de neve, que, após contemplar das alturas o entorno do universo de cima para baixo, de baixo para cima, pensou: "É possível que as pessoas pensem que sou presunçoso e convencido. Isso não deixa de ser verdade! Como pode eu, um quase minúsculo floco de neve, estar aqui, bem preso, no alto do mundo, sem nenhuma vergonha? Qualquer um que olhe para cima nota que toda neve está mais abaixo da montanha. Então, por que eu mereço estar nas alturas, acima de tudo, e não ter os mesmos tratamentos que meus amigos flocos mais abaixo – os quais, ao serem tocados pelo sol, derreteram e caminharam mundo afora? Estou decidido: vou descer ao nível de que sou digno, mais abaixo; é isso que um floquinho como eu merece".

E, sem pensar mais, o gélido e rígido floquinho de neve se desprendeu do cume da montanha e saltou das alturas, rolando morro abaixo. No entanto, à medida que ia rolando, maior se tornava, até virar uma gigante bola de neve, para, em seguida, transformar-se numa grande avalanche. Por fim, parou em uma enorme colina e ali ficou, sem se mover, maior que a outra colina abaixo. Quando chegou o verão, foi a última neve a ser abraçada pelos raios do sol e derreter igual às outras neves.

Os humildes serão exaltados.

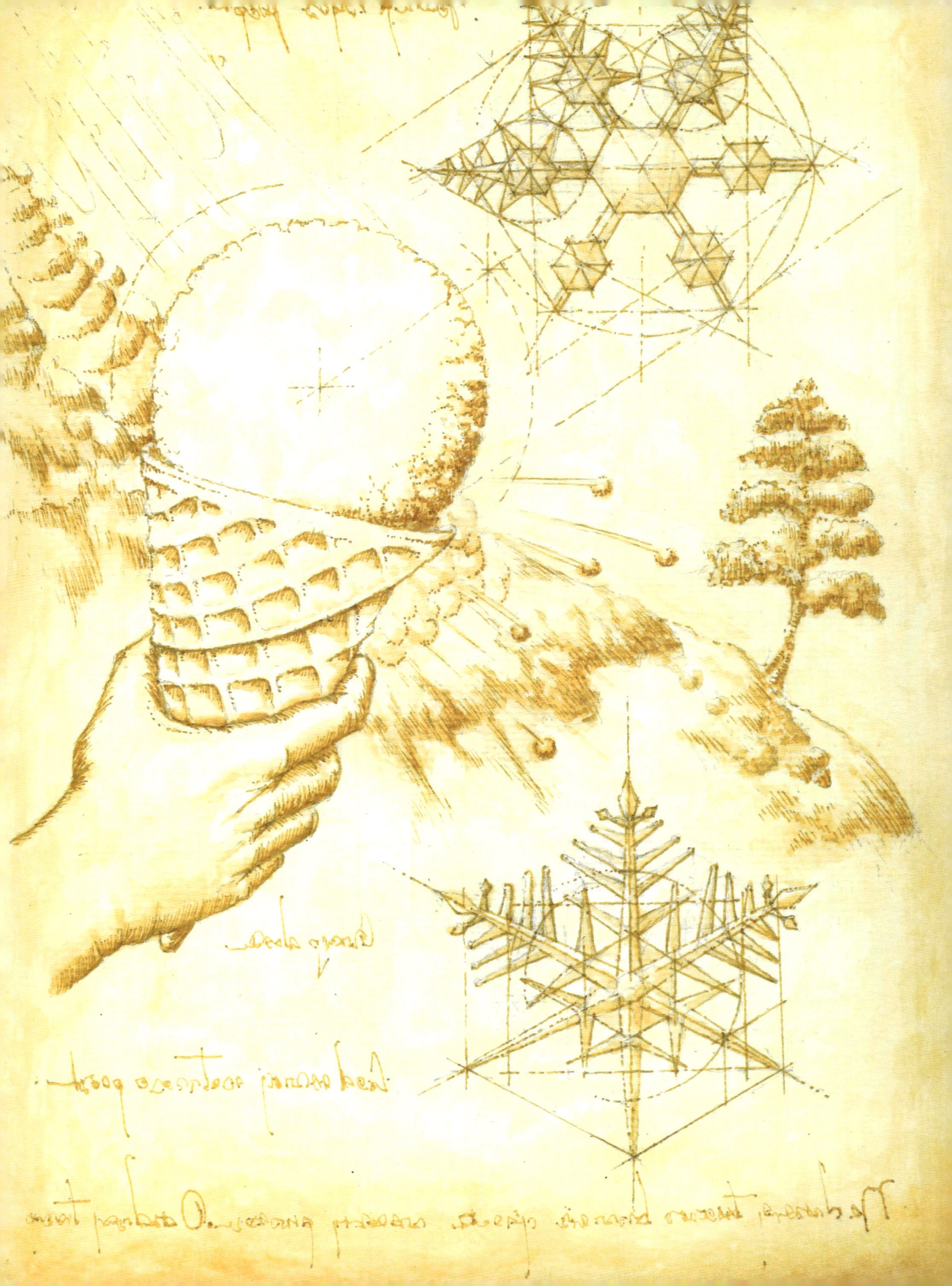

A aranha e o buraco da fechadura

Uma vez a aranha, após entrar numa casa, resolveu explorá-la a fim de encontrar o melhor lugar para fazer sua morada. Não demorou e, ao passar pelo buraco da fechadura da porta de entrada, disse, satisfeita:

– Este é um esconderijo ideal para mim! Pense bem: daqui poderei ver tudo que se passa nesta casa. Quem imaginará que estou morando aqui? Pegarei todos de surpresa.

E, olhando para o alto da porta, disse, planejando:

– Ali, farei uma teia para pegar insetos que voam mais alto.

Olhando para baixo, disse:

– Lá, farei teias para pegar os besouros e bichinhos que andam.

Ao olhar para o lado da porta, disse, feliz:

– Já aqui, farei uma teia para os mosquitos que voarem mais baixo.

A felicidade da aranha naquele buraco da fechadura era nítida, uma vez que lhe proporcionava sensação de bem-estar e segurança. Era uma morada cercada e revestida de ferro, estreita e escura, lugar perfeito para se proteger e caçar. Estava nesses pensamentos quando ouviu o som de distantes passos que iam se aproximando até parar diante da porta. A aranha, assustada, correu para o fundo da fechadura. No entanto, ela não sabia que o buraco da fechadura não havia sido feito para ser sua morada. A verdadeira proprietária era a chave. E, quando a chave foi colocada na fechadura, a aranha foi expulsa e teve que buscar outra morada para viver.

Sonhar e planejar com os pés no chão é uma estratégia de vida.

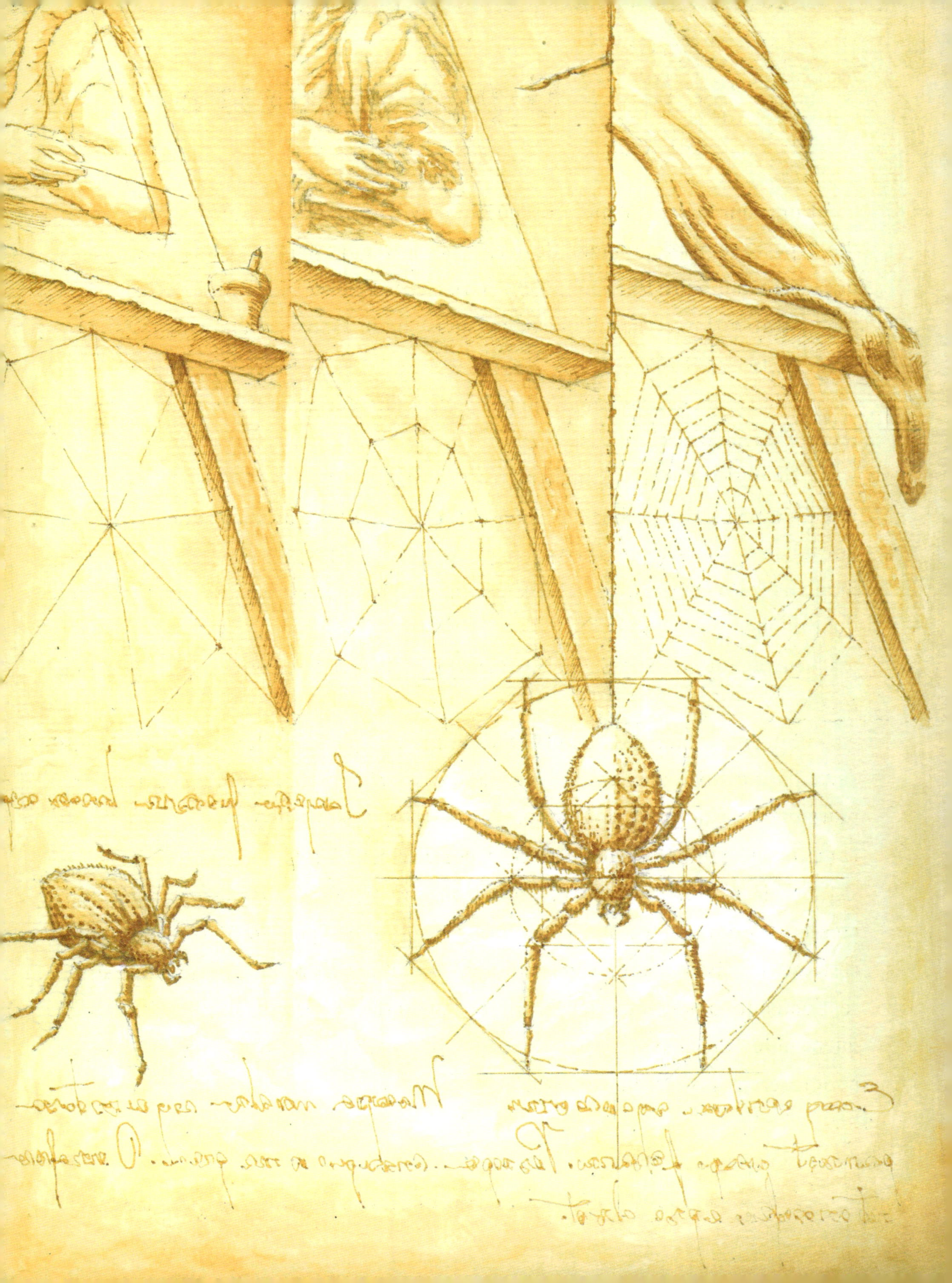

III O pessegueiro

Num campo aberto, um pessegueiro e uma castanheira eram vizinhos. Certo dia, o pessegueiro foi tomado de inveja dos carregados galhos e do grosso tronco de sua companheira e pensou: "Olhe para a castanheira: ela produz tantos frutos! Ao contrário de mim, que não produzo quase nada. Isso é uma injustiça! Vou produzir tanto quanto ela".

Do seu lado, estava um jovem pé de ameixa, que, ao ler os miseráveis pensamentos do pessegueiro, disse-lhe:

– Nem pense, e muito menos tente fazer isso! Já parou para pensar no tamanho do tronco e dos galhos da castanheira? Cada árvore produz o que é capaz e o que dá de melhor. Apenas pense em produzir bons pêssegos em vez de ficar invejando as frutas que outras árvores produzem. O importante é a qualidade, não a quantidade.

Cego de inveja, o pessegueiro nem deu ouvidos à ameixeira e disse para suas raízes:

– Suguem o máximo de nutrientes que o solo possui e transportem bastante seiva para meus ramos produzirem cada vez mais flores, de modo a se transformarem em grandes e belos frutos. Façam isso, pois, quando chegar a época da colheita, eu estarei carregado de pêssegos de cima a baixo.

Seu desejo foi atendido, e, quando chegou a época da colheita, os pêssegos cresceram e amadureceram. No entanto, os galhos não podiam aguentar, e o tronco também não suportou tamanho peso. Aquilo não era natural naquela árvore. Gemendo, o pessegueiro curvou-se, e ouviu-se um grande barulho de algo se quebrando. O tronco do pessegueiro quebrou, derrubando-o! Os tantos pêssegos apodreceram aos pés da castanheira.

O tempo para a inveja cega você para suas qualidades.

A figueira

Havia uma grande figueira que não dava frutos, e por esse motivo todos que passavam ao lado dela não a notavam. Quando a estação da primavera chegava, ela se enchia de belas folhas; no entanto, quando o verão se iniciava, outras árvores se enchiam de frutos, enquanto, nos seus galhos, não havia nem mesmo um único fruto que lhe trouxesse o mínimo de alegria. Suspirando decepção, ela dizia:

– Ah, como eu queria que as pessoas me olhassem e me admirassem! Somente quero produzir belos e suculentos frutos, como as outras árvores.

E, todos os anos, tentava, não desistia, até que, certo verão, viu-se carregada dos mais belos e saborosos figos – artes do sol, que fez com que crescessem admiráveis frutos nos seus galhos. A partir daquele momento, todos que passavam olhavam com admiração para aqueles belos e doces figos. Era uma correria o dia todo, de muitas pessoas, para colherem figos daquela árvore, e o que deveria ser motivo de felicidade foi se tornando incômodo e dor. As quase incontáveis mãos foram subindo nos seus troncos e galhos, o que foi trincando uns, quebrando outros. Não tardou e, quando os figos já eram quase escassos, a figueira se viu quase toda quebrada e torta.

Não desperte mais expectativas do que pode atender, ou isso se tornará seu fardo.

Ferva o acucar na água por 5 minutos
acrescente o figo e as fatias de limão
cozinhe até que a fruta fique transparente

A aranha e as uvas

Numa parreira, a aranha olhava fixamente para um grande cacho de uvas maduras. Foram dias naquela observação. O que olhava tanto? Era o movimento sem parar de uma quantidade quase incontável de insetos que vinham aos montes beber do doce de seus frutos. Após muita reflexão, o aracnídeo disse, muito satisfeito, para si mesmo:

– Agora já sei o que fazer para pegar e ter na minha mesa as minhas próximas refeições!

Ao escurecer, subiu sutilmente até a parte mais alta da parreira e, quando chegou ao topo, foi descendo vagarosamente por um fio quase invisível, até chegar aos cachos de uva. Então, procurou um pequeno espaço entre dois frutos maduros e se escondeu.

Ali não era só o esconderijo perfeito, mas também a armadilha. Dessa forma, foi atacando os insetos aos montes, os quais, distraídos pelo sabor da fruta, não se davam conta de que ali seriam capturados pela astuta aranha. Os dias se passaram e a aranha, muito satisfeita, seguiu capturando incontáveis presas. No entanto, ela nem se deu conta de que a época da colheita havia terminado.

Não houve tempo para reação: quando a aranha viu, o cacho de uva no qual estava escondida foi arrancado e jogado numa caixa dentro de uma cesta, espremendo-a entre outros cachos. O mesmo cacho de uva que serviu como armadilha para exterminar os insetos foi também o responsável pelo fim da aranha.

A bebida que sacia sua sede hoje, se usada sem prudência, afogará você amanhã.

O jumento e o gelo

Lá vinha, um dia, vagarosamente, o jumento, que a cada passo suspirava cansado e estava sem forças para chegar até o estábulo e descansar após muito trabalho. O inverno era rigoroso, a neve caía sem parar, e todas as ruas estavam brancas, cobertas de gelo naquele terrível e gélido dia. Ao dar mais alguns passos, o jumento parou e, de olhar baixo, disse:

– É aqui mesmo que vou ficar; não aguento mais andar. Posso dormir aqui, no meio da rua. Assim que recuperar as forças, retomo a minha caminhada.

Ali se deitou. Nisso, um pequeno pardal que o observava a distância, pousado nos galhos de uma árvore, voou até o cansado animal e, preocupado, advertiu-o:

– Ei, jumento! Preste atenção: você pensa que está deitado sobre uma rua, mas não é o que parece. Está sobre um grande e profundo lago congelado. Seja prudente e saia daí agora, antes que o pior aconteça.

Sem se importar com as palavras do pardal, a única reação em resposta ao pássaro foi bocejar. Depois fechou os olhos e dormiu. Quanto ao pardal, sentindo-se ofendido pela falta de educação do jumento, voou, deixando-o sozinho.

Passado algum tempo, o calor do corpo do animal foi, aos poucos, derretendo o gelo, que começou a trincar e a estralar até se partir. As águas gélidas engoliram o jumento, que, acordando do susto, começou a se debater e a lutar pela vida. E, enquanto se debatia, teve tempo de se arrepender de não ter ouvido os conselhos do pequeno pardal, seu amigo.

Alguns conselhos valem ouro; outros, a vida.

VII A língua e os dentes

Um menino tinha o hábito de falar sem pensar mais que o necessário, o que muitas vezes não era bem recebido por outros. Certo dia, ao ouvi-lo falar por quase horas sem parar, os dentes, contrariados, disseram entre si:

– Será que não se cansa de falar? Que língua cansativa!

A língua, ao ouvir aqueles comentários, respondeu, sem pensar, aos dentes:

– Não entendo esse resmungar todo de vocês! Deveriam já ter entendido que são apenas dentes, escravos da boca, e que suas tarefas se resumem a mastigar aquilo de que eu gostar e decidir que vai para a barriga do menino. Entre mim e vocês, a única coisa em comum é que estamos na boca; de resto, não metam o nariz no meu trabalho.

Sem parar, o menino continuava a falar. Muitas vezes, coisas nada agradáveis, e a língua se sentia feliz por aprender novas palavras. No entanto, um dia, ele se comportou de maneira desagradável novamente e deu a ordem para a língua contar uma grande e absurda mentira. O que fizeram os dentes? Obedeceram às ordens do coração. Quase no mesmo instante, fecharam-se e deram uma bela mordida na língua.

Foi assim, a partir daquela mordida, que a língua se tornou mais prudente e passou a pensar muitas vezes antes de falar.

Seja sábio ao falar para não dar com a língua nos dentes.

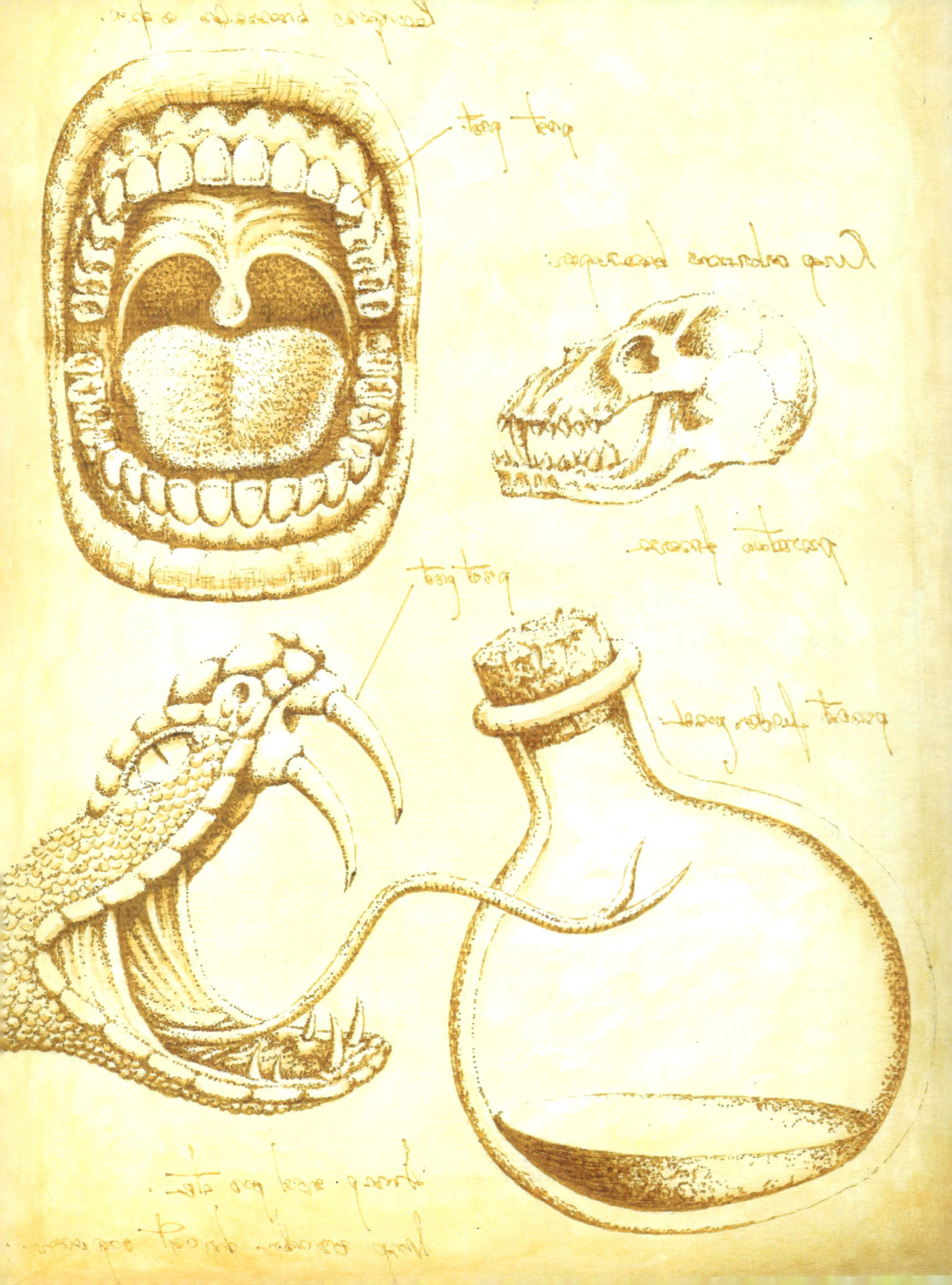

VIII A ostra e o camundongo

No meio de muitos peixes, que se debatiam na cozinha de um pescador, estava uma ostra. Muito distante do mar, ela disse a si mesma, desesperada, ao ver seus companheiros espalhados por todos os lados no chão:

– É o fim... Chegou a nossa hora...

Estava nesses lamentos quando viu um camundongo que vinha na sua direção. Renovando as esperanças, disse a ele, ao se aproximar bastante:

– Peço a você, camundongo: seja bondoso e leve-me para o mar. Estou para morrer aqui.

Com um estranho brilho no olhar, o camundongo pensou: "Seguramente, deve ser deliciosa essa iguaria", e, saindo desse pensamento, disse à ostra, agora que havia decidido devorá-la:

– Sim, seguramente eu a levarei para o mar com grande alegria. No entanto, você precisará abrir sua concha, uma vez que, fechada, eu não teria como carregá-la até seu lar.

Sem imaginar as intenções do camundongo, a ostra foi se abrindo vagarosamente e, quando viu que estava totalmente aberta, o roedor meteu o focinho para devorá-la. Na sua gula, enfiou demais a cabeça, e a ostra, suspeitando de seu vil truque, fechou-se rapidamente, prendendo-o pelo pescoço. Dando um sonoro grito, e quase se soltando, o camundongo chamou a atenção de um gato, que veio correndo e, sem pensar, abocanhou-o, devorando-o.

Às vezes, o auxílio vem de onde não se vê.

O camundongo, a fuinha e o gato

Uma vez o camundongo não conseguiu sair de casa, já que estava cercado. Aquilo o preocupava muito. E o motivo era uma faminta fuinha que o observava a certa distância, fora de sua casa, pronta para dar-lhe o bote. Muito esperto, o roedor a vigiava através de um minúsculo buraco na parede, bem estratégico, o que lhe permitia ver os movimentos de sua caçadora. Pobre camundongo: necessitava sair de casa. No entanto, o medo o fazia tremer todo.

Estava ali, olhos fixos na fuinha, quando viu surgir um grande gato, que saltou sobre sua inimiga, abocanhando-a e mandando-a para a pança. Foi-se uma vez a fuinha. Feliz, o camundongo exclamou, de dentro de casa:

– Graças a Deus! Muito grato, senhor gato, por me livrar do perigo. Pelo bem que me fez, dividirei meu alimento com você.

Saiu da casa despreocupado e deu parte de sua comida para o gato, que, ao notar seu benfeitor distraído, como esperado para um gato, devorou o camundongo numa bocada.

Cuidado: ao sair da boca do leão, não confie na hiena.

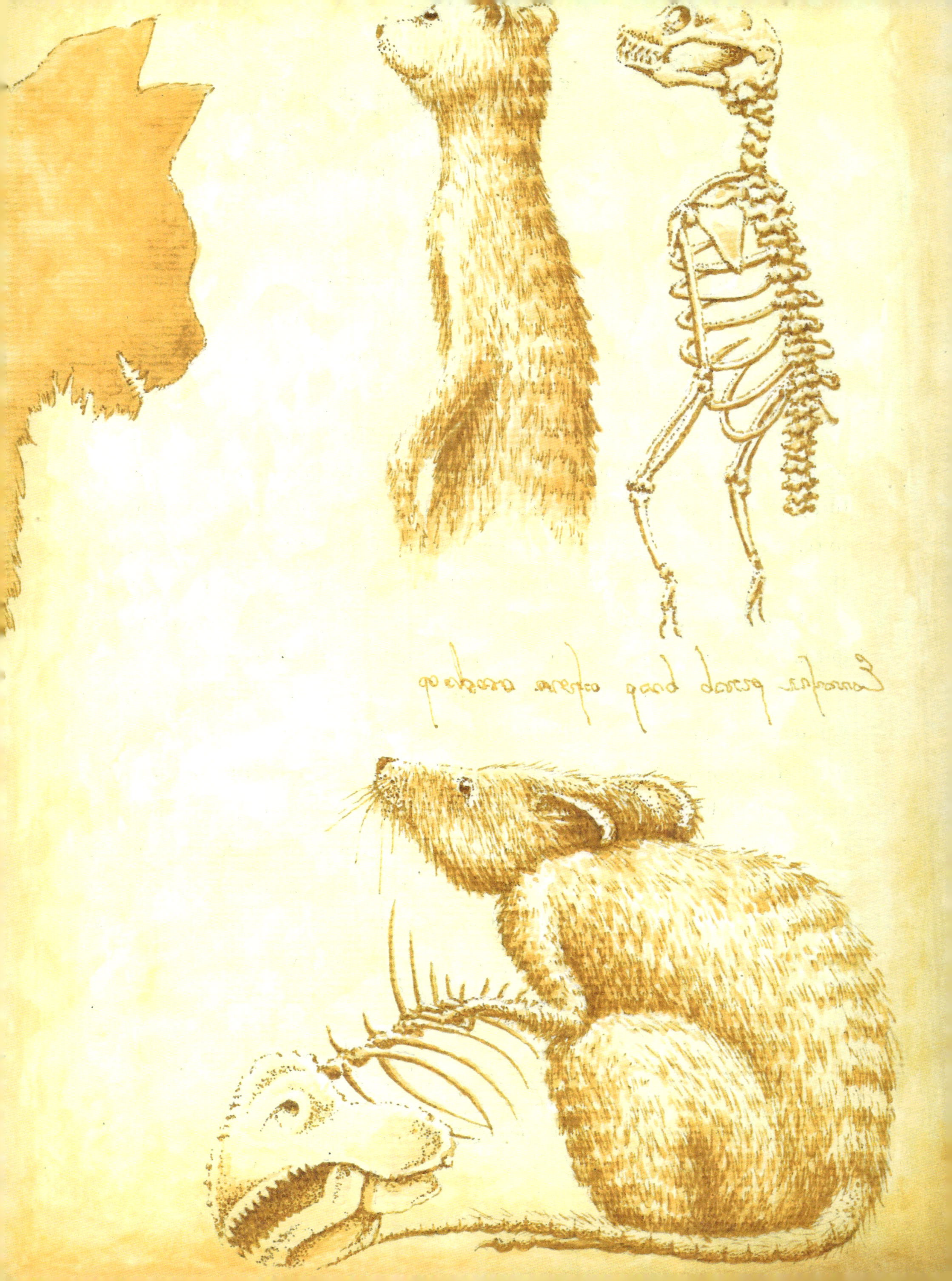

A castanheira e a figueira

Certa manhã, a grande castanheira viu um homem subindo rapidamente em uma figueira coberta de frutos. Faminto, ele ia puxando com força os galhos em sua direção e arrancava cuidadosamente os figos maduros, para em seguida devorá-los com gosto.

– Olhe para mim, figueira. Veja o que a Mãe Natureza fez por mim. Ela me fez forte para proteger meus filhos, vestindo-me de uma capa dura sobre uma fina e macia pele, e mais: para cada um de meus frutos, fez uma casinha muito resistente, com pontudos espinhos, para protegê-los das mãos dos homens. Devo muito a ela! – disse a grande castanheira, balançando seus tantos galhos.

Após ouvir com atenção aquele discurso, a figueira e seus frutos caíram na gargalhada por um bom tempo, e a mãe daqueles frutos respondeu:

– Castanheira, pensou no que acabou de me dizer? Será que você realmente conhece os homens? Eles são astutos; de nada adianta pele grossa ou espinhos pontudos: se quiserem mesmo seus frutos, eles os pegarão, armados de pedras, varas, paus. Baterão nos seus galhos sem precisar subir neles, derrubarão seus filhos no chão e pisarão nas suas casinhas até quebrá-las, e, se não conseguirem dessa forma, usarão outros artifícios até tirá-los de dentro. Seus frutos, iguais aos meus, serão saboreados por eles. Saiba que, ao contrário de seus frutos, os meus são retirados com as mãos e tocados com delicadeza.

Nem sempre a comparação é positiva; às vezes, abre as portas para a infelicidade.

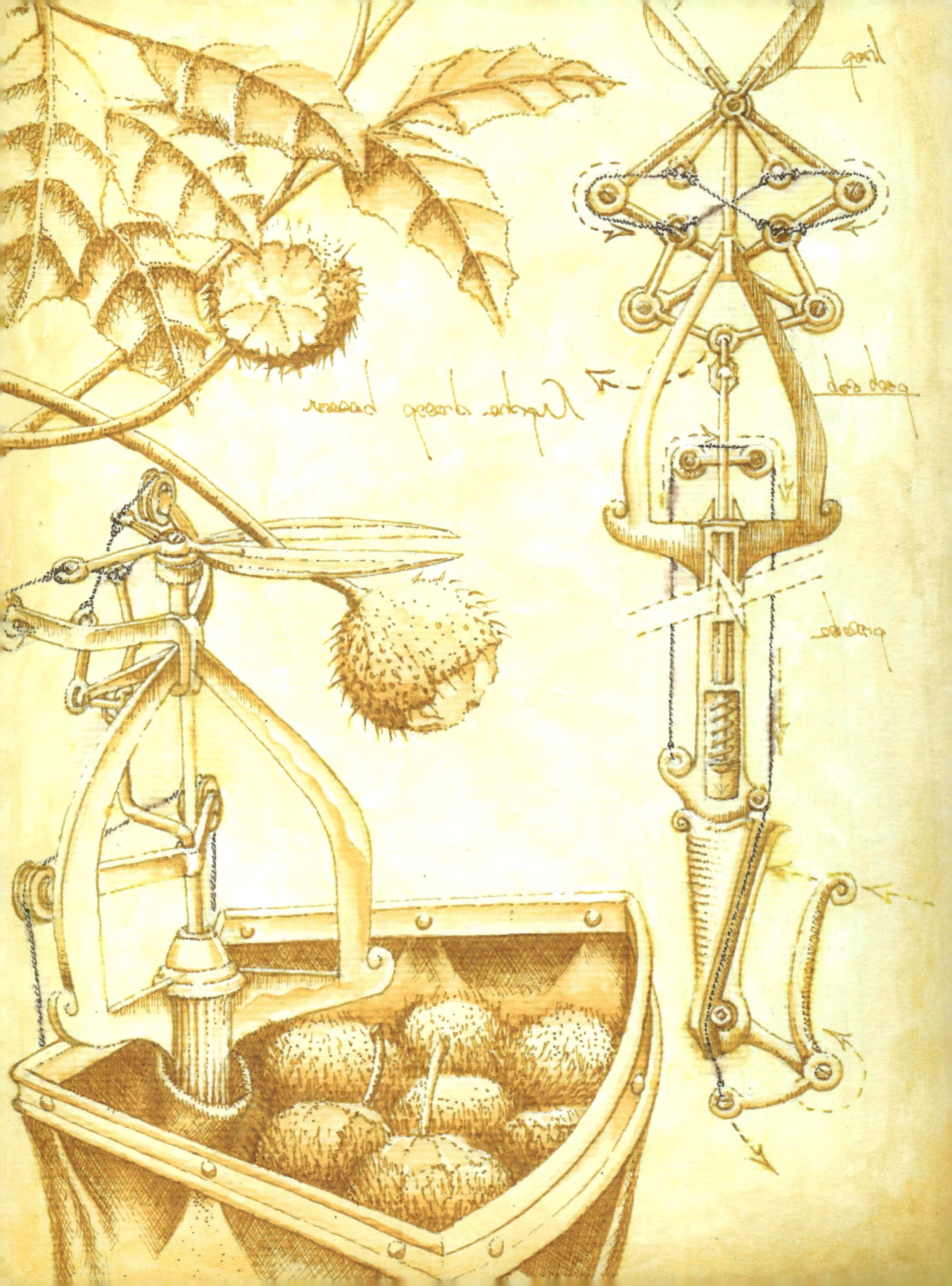

A árvore e a vara

Havia uma bela árvore que a cada dia crescia vagarosamente, exibindo suas belas folhas. Sua formosa copa ia se erguendo continuamente em direção ao céu: queria se esticar o máximo que pudesse. Então, ao olhar ao seu lado para uma seca vara de madeira que estava quase colada a ela, disse, arrogante:

– Você me incomoda, vara! É muito velha e está me arranhando; não poderia se afastar de mim? De preferência, para o mais longe possível.

Fingindo que não era com ela, a vara de madeira, contrariada, nem deu ouvidos e nada respondeu. A incomodada árvore em seguida olhou para outra direção e viu, a seu lado, uma cerca de espinhos ao seu redor. Então disse, grosseiramente:

– Será que não haveria outro lugar para ir, cerca de espinhos? Você à minha volta me deixa irritada.

Botando espinhos no ouvido, a cerca nem ouviu a desaforada árvore e não esboçou nenhuma resposta. No entanto, um pequeno lagarto, que ouvia toda aquela ofensa, levantou a cabeça em direção à árvore e disse:

– Você é uma árvore tão bela! Por que age assim com quem a ampara e protege? Sua vaidade a cegou, uma vez que a vara de madeira velha é que amparou você desde os primeiros dias de sua vida. Quanto à cerca de espinhos, ela a protege contra as más companhias e os inimigos.

A ingratidão servida hoje será seu alimento de amanhã.

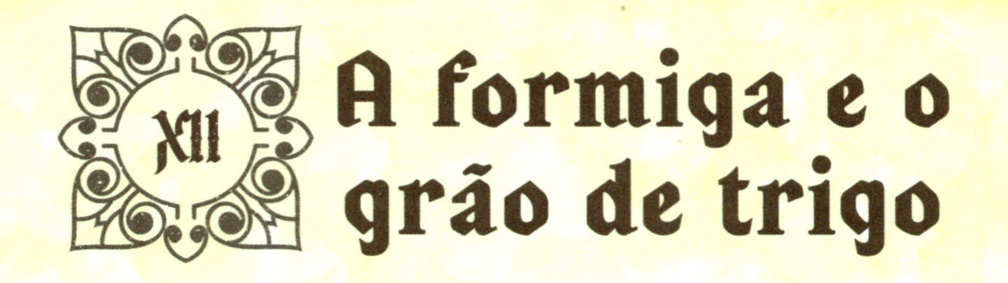

XII A formiga e o grão de trigo

Depois de uma colheita, um grão de trigo foi abandonado e, vendo-se sozinho, esperava que a chuva caísse e o escondesse novamente na terra. Nesse momento, uma formiga o viu, colocou-o nas costas e seguiu em direção ao formigueiro. No entanto, à medida que andava, o grão ficava mais pesado, e ele disse:

– Formiga, por que não me deixa aqui e segue seu caminho?

– De maneira alguma; um grão de trigo igual a você será muito importante para termos mais provisões para o inverno. Cada formiga tem por obrigação levar ao menos um grão ao formigueiro – respondeu a formiga.

A semente, após pensar um pouco, respondeu:

– Saiba, formiga, que eu não existo somente para servir de comida: sou uma semente também, e minha função é dar origem a uma outra planta. Se confiar na minha palavra, poderá me deixar aqui no campo e, daqui a um ano, quando você voltar, darei cem grãos de trigo ao seu formigueiro.

Olhando com desconfiança para o grão de trigo, a formiga disse:

– Hum... cem grãos, é isso mesmo? Cem grãos de trigo. Isso será um grande milagre. Mas me diga: como você conseguirá tal proeza?

– Está aí um mistério da vida, minha cara formiga. Para começar, faça um buraquinho no chão, enterre-me nele e volte daqui a um ano que eu a esperarei com uma grande surpresa.

A formiga procedeu como orientada pelo grão de trigo no qual confiou. Após um longo ano, ela retornou sem atrasar nem um dia e, para sua surpresa e alegria, deparou-se com uma planta carregada de cem sementes. O grão de trigo havia cumprido sua palavra.

Mais valiosa que o ouro é a palavra cumprida.

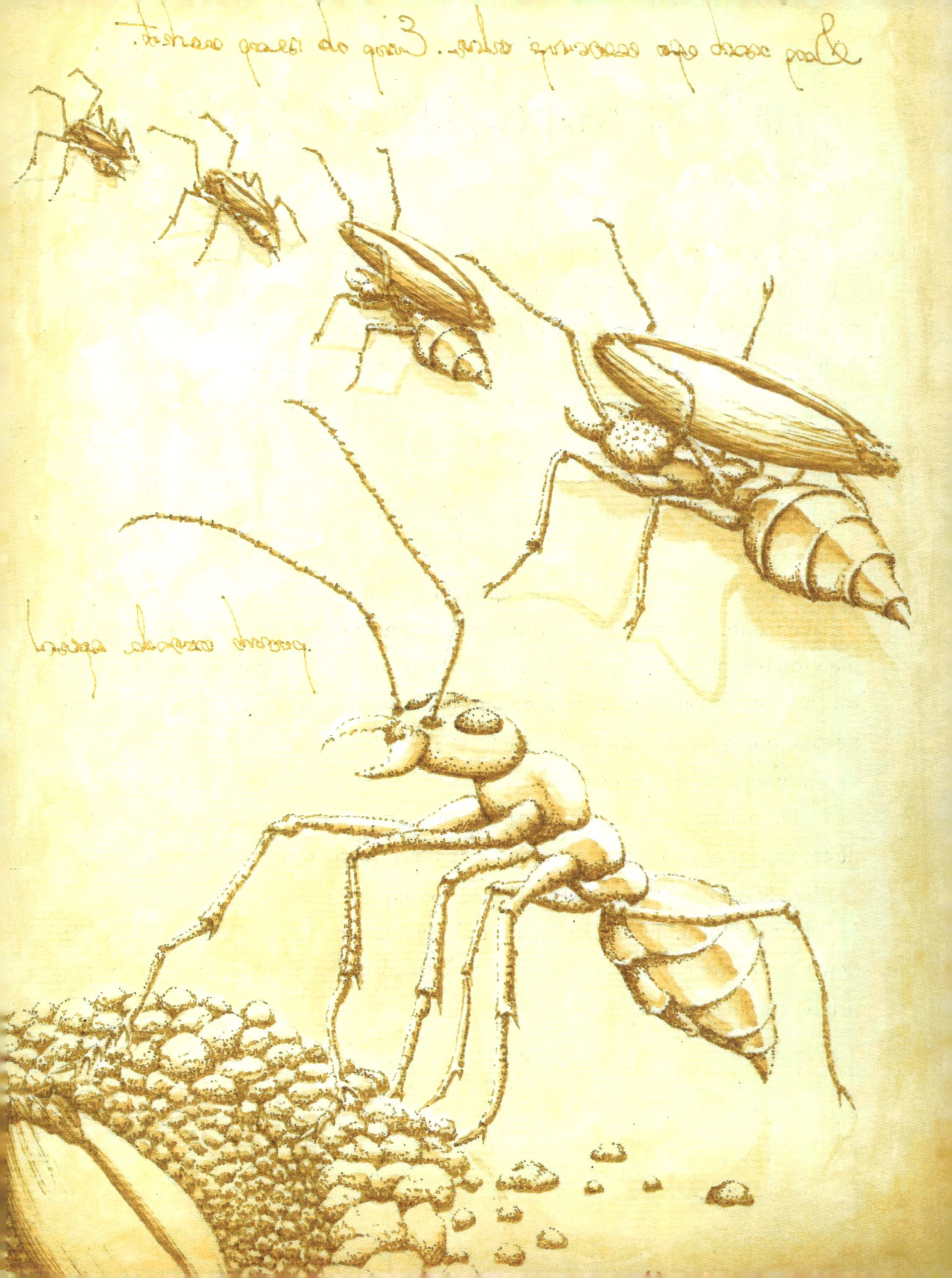

A borboleta e a chama

Certa noite, uma borboleta multicor voava perdida pelos bosques. Estava sem saber para onde ir. De repente, viu ao longe uma pequena e encantadora luz. Sem perder tempo e orientada pela claridade, voou o mais rápido que podia. Ao chegar, ficou encantada: nunca havia visto luz tão viva! A chama a deixou hipnotizada. Somente admirar não bastava para satisfazer ao seu encanto, então resolveu fazer com a chama o mesmo que fazia com as flores: num voo rasante, passou muito próximo a ela, que chamuscou as pontas de suas asas, derrubando-a no chão. Mesmo assim, maravilhada com aquele brilho, disse a si mesma, como acordando de um transe:

– O que houve comigo para me derrubar assim?

A encantada borboleta não conseguiu entender o que havia acontecido. Como algo tão belo poderia lhe fazer mal? Juntando forças, levantou voo novamente e foi em direção à chama. Estava tão maravilhada com a luz que, dessa vez, e sem pensar, rodeou a chama e decidiu pousar. Pobre borboleta. Caiu toda queimada e disse, com suas últimas palavras:

– Por que me feriu com a morte, eu, que pensei que sua luz era minha felicidade? Que desejo tolo e cego! Somente agora consegui notar quanto é perigosa.

Vendo a borboleta no chão, a chama, lamentando, disse:

– Sinto muito, infeliz borboleta. Eu somente lembro o sol, mas não sou ele. Sou a luz do fogo e firo quem me toca. Aqueles que se aproximam de mim sem prudência são queimados.

Nem tudo que reluz é ouro.

A pulga e o carneiro

Um dia, vinha um cachorro pelas ruas de uma cidade acompanhado de uma pulga que morava no seu macio pelo. De repente, o cão deitou-se para descansar, e a minúscula moradora sentiu um agradável cheiro de lã e disse, curiosa:

– Que cheiro bom é esse? De onde vem?

Dando um grande salto, foi parar na ponta da orelha do cachorro e viu que estava ao lado de um carneiro que ali dormia. Encantada com a lã, comentou:

– É ali que quero morar. Que pele macia e espessa! Estou segura de que ali estarei bem protegida da chuva e do sol e, ademais, das patas e dos dentes do cachorro, que vivem a me procurar quando ele se coça. Na pele do carneiro serei mais feliz.

Sem nenhuma dúvida, pulou da pele do cachorro para a do carneiro e, ao chegar, notou que a lã era quase impenetrável: por mais que lutasse para chegar à pele, não conseguia. Sem desistir, tentou novamente, separando fio por fio, até que, depois de muito tempo, chegou aonde queria. Como os fios eram muito grudados uns aos outros, não encontrava um espacinho para ficar confortável ali. Decepcionada e muito cansada, a pulga tomou o caminho de volta para o cachorro. No entanto, para sua maior decepção, sua antiga morada já havia partido. Triste pulga. Derramou lágrimas por dias, arrependida por não valorizar o lar que tinha.

Valorize a casa que tem; ela não é um sonho, é sua realidade.

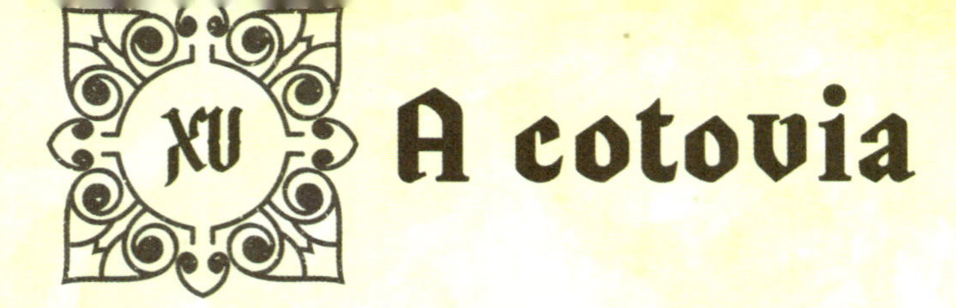

XV A cotovia

Vivia numa floresta um sábio eremita que tinha como companheira apenas uma pequena cotovia. Certo dia, um grupo de homens foi procurá-lo para que os acompanhasse até o palácio, uma vez que seu senhor estava enfermo. O ancião aceitou e partiu, seguido sorrateiramente da amiga cotovia. Ao chegarem, levaram-no direto para o quarto do enfermo. O velho sábio parou na porta e encontrou quatro médicos, que cochichavam entre si enquanto balançavam negativamente a cabeça, misturando as vozes:

– É, não tem mais jeito... nada mais a fazer... o tempo dele acabou...

O eremita notou que a cotovia pousou no peitoril da janela e olhava fixamente para o doente. Tudo ficou em silêncio total, quebrado pela voz do velho convidado, que disse:

– Este homem não morrerá!

– Quem é esse simplório sem ciência para fazer uma afirmação dessas? – foram dizendo os médicos, contrariados e em coro.

Nesse momento, para o espanto de todos, o moribundo abriu os olhos e, ao ver a cotovia, abriu um largo sorriso. Seu rosto pálido foi ganhando cores vivas e, retomando as forças em todo o corpo, disse, feliz:

– Eu estou me sentido forte e vivo!

O velho voltou para a floresta com a cotovia. Algum tempo depois, o senhor do palácio foi até a morada do sábio e disse:

– Não tenho palavras para lhe agradecer, sábio homem.

– Agradecer a mim? Não! Agradeça à cotovia, minha amiga, pois foi ela que o curou. É uma ave muito sensível às dores dos homens. Saiba que, quando é colocada diante de uma pessoa doente, se virar a cabeça e não encarar o sujeito enfermo, não há medicina ou medicamento que o salve, e o caso é perdido. No entanto, se ela olhar fixamente para o doente, como fez com você, significa que ele viverá e terá saúde.

É assim que a cotovia, com seu sensível olhar, cura os homens; é a pura virtude, que não olha as coisas sombrias e vis, e sim tudo que é nobre e bom. Seu hábitat são as florestas e os bosques floridos, bem como a virtude, que habita os corações nobres. É na adversidade que o puro amor é sentido e visto, igual à luz que brilha cada vez mais na obscura noite.

O puro amor bate nobre no coração da virtude.

A raposa e a pega

Numa manhã ensolarada, vinha uma raposa pelo caminho quando observou, a certa distância, uma árvore, onde estava pousado um bando de barulhentas pegas. A faminta trapaceira foi se aproximando sorrateiramente e, a fim de não ser vista, camuflou-se no meio dos arbustos, procurando observar e pensar qual seria a melhor estratégia para capturar uma daquelas aves. Sem mover um músculo, a paciente raposa, após algum tempo, notou que as aves desciam para se alimentar da carcaça de alguns animais nas proximidades da árvore e ali ficavam a bicar sem maiores preocupações enquanto enchiam a barriga. Soltando um maroto sorriso, o astuto animal disse a si mesmo, quase sussurrando:

– Hum... Tive uma ideia: se essa experiência der certo, hoje seguramente volto para minha toca de barriga cheia, e ainda terei alimento para o dia de amanhã.

Pata ante pata, foi pisando quase sem tocar no chão, até se aproximar da árvore, em um local que fosse facilmente notada pelas famintas aves. Então, num gesto sutil, deitou-se de barriga para cima, abriu a boca e, colocando a língua para fora, fingiu-se de morta, não movimentando nem um músculo, respirando de maneira quase imperceptível. Não tardou, e uma pega a notou. Então, pousando sobre a raposa, começou a bicar a língua dela, pensando que ali estava um animal morto.

Devia ter sido mais esperta! Foi abocanhada num piscar de olhos.

A paciência é o alicerce da sabedoria.

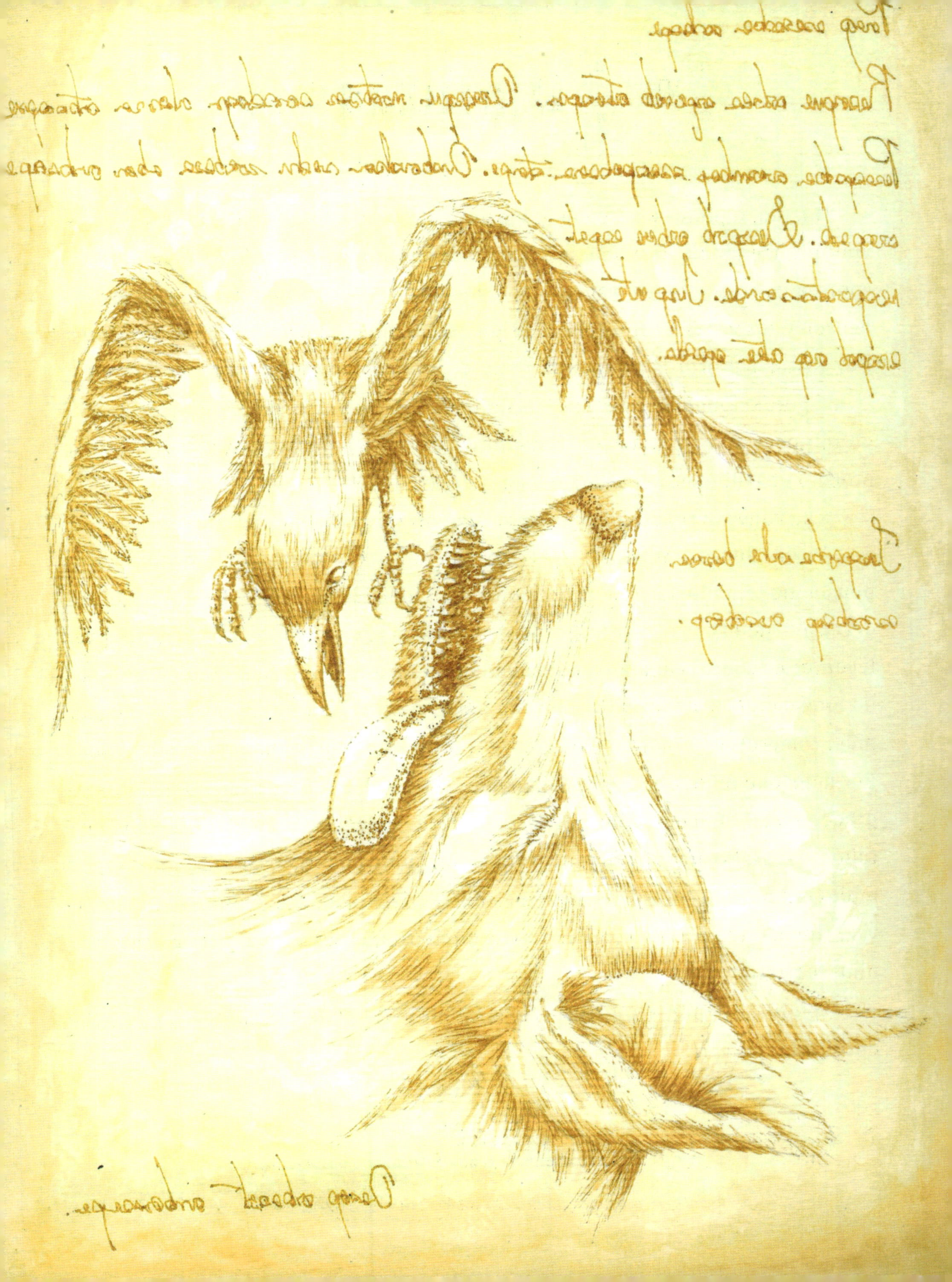

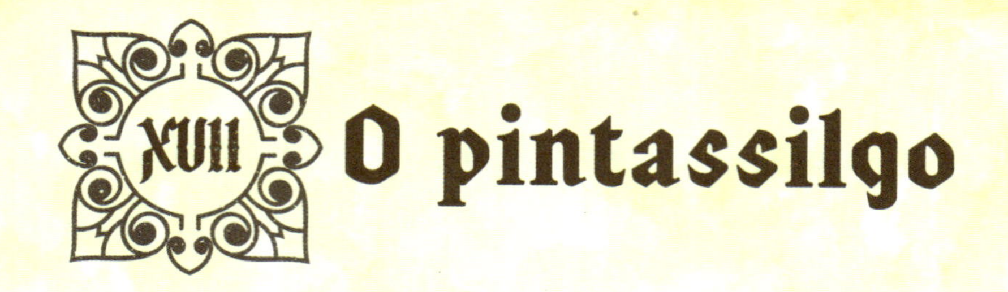

XVII O pintassilgo

Um dia, o pintassilgo voou longe para buscar alimentos para seus filhotes e voltou trazendo no bico uma minhoca. No entanto, para seu desespero, não encontrou as crias: alguém esperou por sua ausência e as levou. O pintassilgo não pensou duas vezes e saiu a gritar pela floresta, que ecoava seu som de lamentos e angústia, à procura dos filhotes. Contudo, ninguém respondia às suas lágrimas.

Foram longos dias e terríveis noites em que o pintassilgo, incansável, sem dormir nem comer, olhava em cada ninho, árvore e buraco no chão da floresta à procura dos filhotes. Certo dia, um pássaro lhe disse:

– Eu voava perto da casa de um fazendeiro e acho que vi seus filhotes.

Agradecido, o pintassilgo voou como um raio até a fazenda e, ao chegar à casa, pousou no telhado. Lá não havia ninguém. Depois, voou para o pátio e, para sua decepção, nada dos filhotes. Sem perder a esperança, continuou atento. Então, ao levantar a cabeça, viu uma gaiola pendurada na janela e reconheceu o conteúdo ao longe: eram seus filhotes. Ele voou até a gaiola, e suas crias, ao virem ali sua mãe, começaram a piar de felicidade e a pedir que os libertasse daquela prisão. Por mais que tentasse, o pintassilgo não conseguia abrir a gaiola ou quebrar as grades e, soltando um grande grito de tristeza, voou para a floresta, deixando os filhos presos. Na manhã seguinte, voltou para junto das crias. Ficou a olhá-las por muito tempo. Seu coração estava apertado e triste. Ele as alimentou pela última vez. Havia dado a elas, como derradeira refeição, ervas venenosas. Os passarinhos morreram.

O pintassilgo preferia a morte. Seus filhotes mereciam a liberdade, aqui ou em outra vida.

O verdadeiro amor não suporta ver quem ama viver em cativeiro.

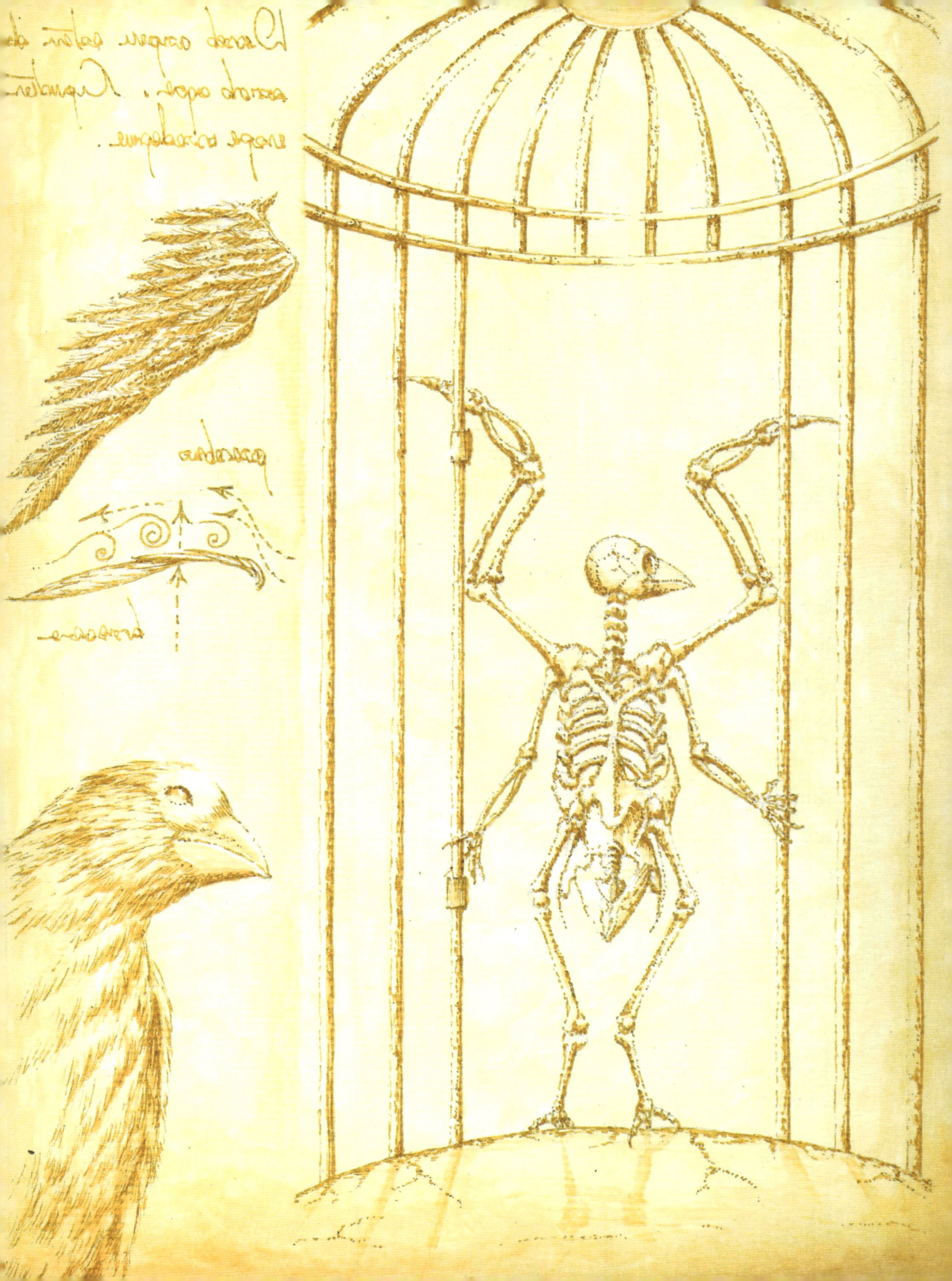

XVIIII A leoa

Noite adentro, um grupo de caçadores, muitos deles empunhando afiadas espadas, outros, longas lanças, aproximou-se sorrateiramente da toca da feroz leoa. A felina, que amamentava seus filhotes tranquilamente, ao pressentir que algo não estava certo, ficou de orelhas em pé. Farejou o inimigo e percebeu que suas crias e ela estavam em enorme perigo.

Mas já era tarde, uma vez que os caçadores estavam a passos da toca e prontos para atacar com as armas que tinham, o que seria terrível. Eram muitos.

Ao ver aquelas brilhantes armas, a leoa ficou quase paralisada de medo. Não por ela, mas temia que, se lhe acontecesse algo, o que seria de seus filhotes nas mãos daqueles homens? Por um instante, até pensou em fugir; entretanto, como fazer isso, já que suas crias não conseguiriam acompanhá-la e seriam capturadas facilmente pelos vis caçadores?

Enchendo o coração de coragem e fúria, decidiu enfrentar seus tantos inimigos: num acesso de cólera incontrolável, baixou os olhos para não ter que olhar para as terríveis armas e caiu ferozmente sobre os caçadores, deixando-os apavorados, o que os fez sair em disparada aos berros. Sua coragem a salvou e aos seus filhotes.

Quer conhecer a face da coragem?
Fira a cria de uma mãe.

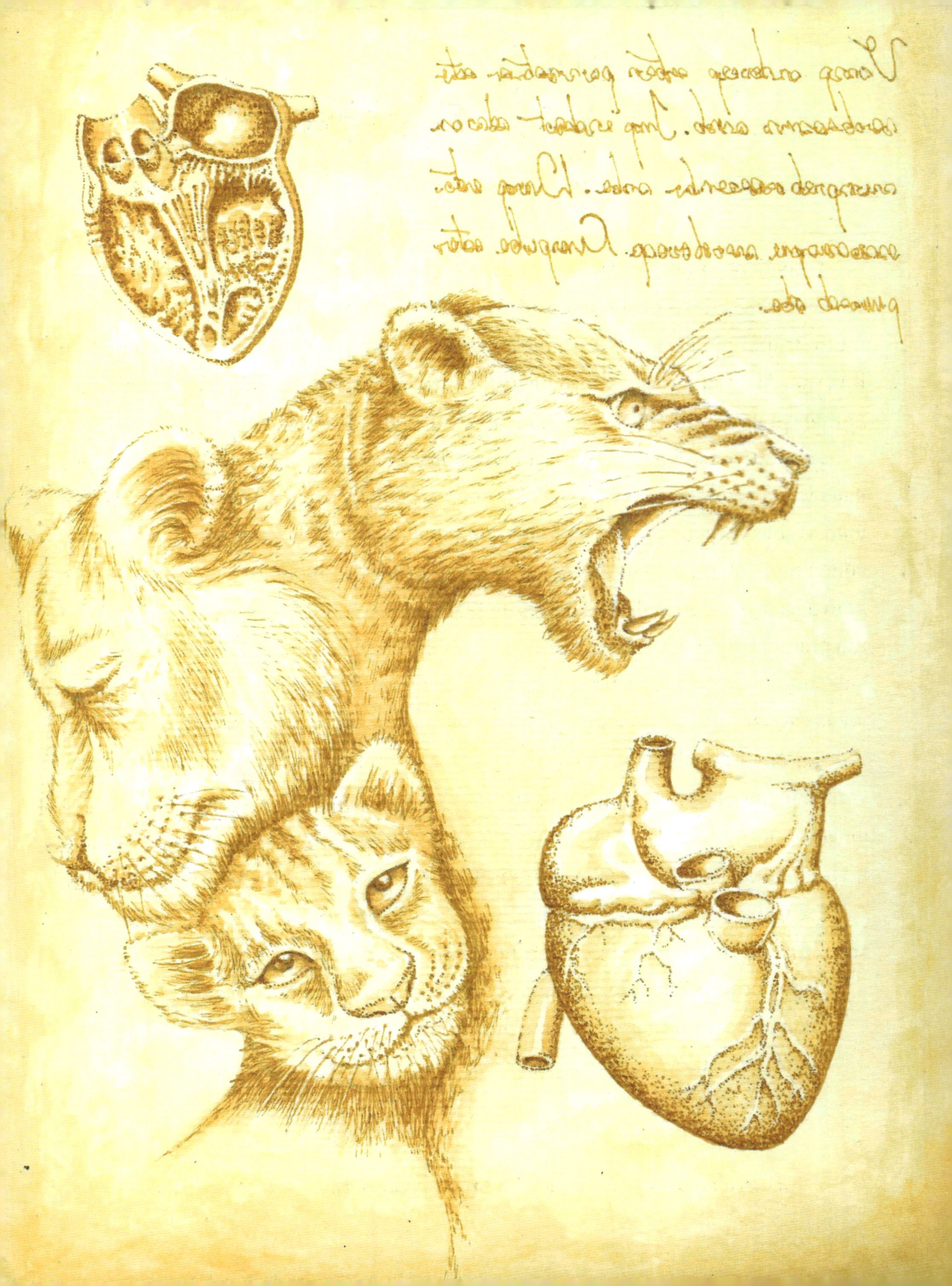

O cisne

O cisne parou na beira do cristalino lago e, arqueando o longo pescoço, contemplou seu reflexo na água durante algum tempo. Sentia o corpo cansado e com muito frio; tremia sem parar, como se aquela manhã de sol fosse um dia de gélido inverno. Ali, naquele momento, teve absoluta certeza de que sua hora estava chegando e a morte não tardaria em lhe dar o último abraço da vida.

As tantas estações do ano haviam passado sem deixar a menor marca nas suas belas penas que continuavam alvas e graciosas como nos primeiros anos de vida. Agora estava em paz e compreendia que podia partir: sua vida se encerraria com a mais plena beleza. Então, parecendo despertar de um transe, endireitou o belo pescoço e, entrando nas águas do lago, nadou majestoso e lento em direção a um grande salgueiro do outro lado da margem, onde, em dias de calor, descansava sob sua refrescante sombra. Já era final de tarde, e a luz do sol pintava de cores vivas e felizes o céu, num laranja-avermelhado que se refletia nas águas.

Em meio ao silêncio, o cisne começou a cantar. Até então, jamais havia encontrado sonoros tons tão cheios de amor. A canção do cisne atravessou os ares encantando, ao longe, com sua leve melancolia, as matas e os campos. Aquela melodia foi baixando até silenciar lentamente com os últimos raios de sol do dia.

– É o cisne, é a canção do cisne! – murmuravam os peixes nas águas, os pássaros nas alturas, e os animais nos bosques e nas florestas.

Todos profundamente emocionados iam dizendo sozinhos ou em coro:

– É o cisne... é o cisne... ele está morrendo.

A vida é o presente a ser abraçado todos os dias.

A ostra e o caranguejo

Todas as noites, quando a lua cheia surgia no céu, a ostra, de boca aberta e comovida, passava horas a contemplá-la. Ela havia se apaixonado pelo astro iluminado.

No entanto, não se dera conta de que, todas as vezes que estava a contemplá-la, um caranguejo a observava atentamente, escondido atrás das pedras. Ele tinha o desejo de devorá-la, e a única oportunidade que teria seria quando a ostra estivesse de boca aberta.

Pacientemente, o caranguejo esperou passar os ciclos lunares. Quando a lua cheia voltou a iluminar o céu, ele se escondeu perto da ostra. Esperou o momento oportuno e, quando o molusco abriu a boca para contemplar sua paixão iluminada, o caranguejo jogou um pedregulho dentro da concha.

Assustada, a ostra imediatamente se fechou, ou melhor, tentou se fechar, uma vez que não conseguiu, impedida pelo pedregulho. Por esse motivo, é prudente não abrir a boca demais para contar seus segredos: há sempre alguns amigos para ouvi-los; contudo, há também muitos inimigos que os escutam.

O primeiro a guardar seus segredos é você mesmo.

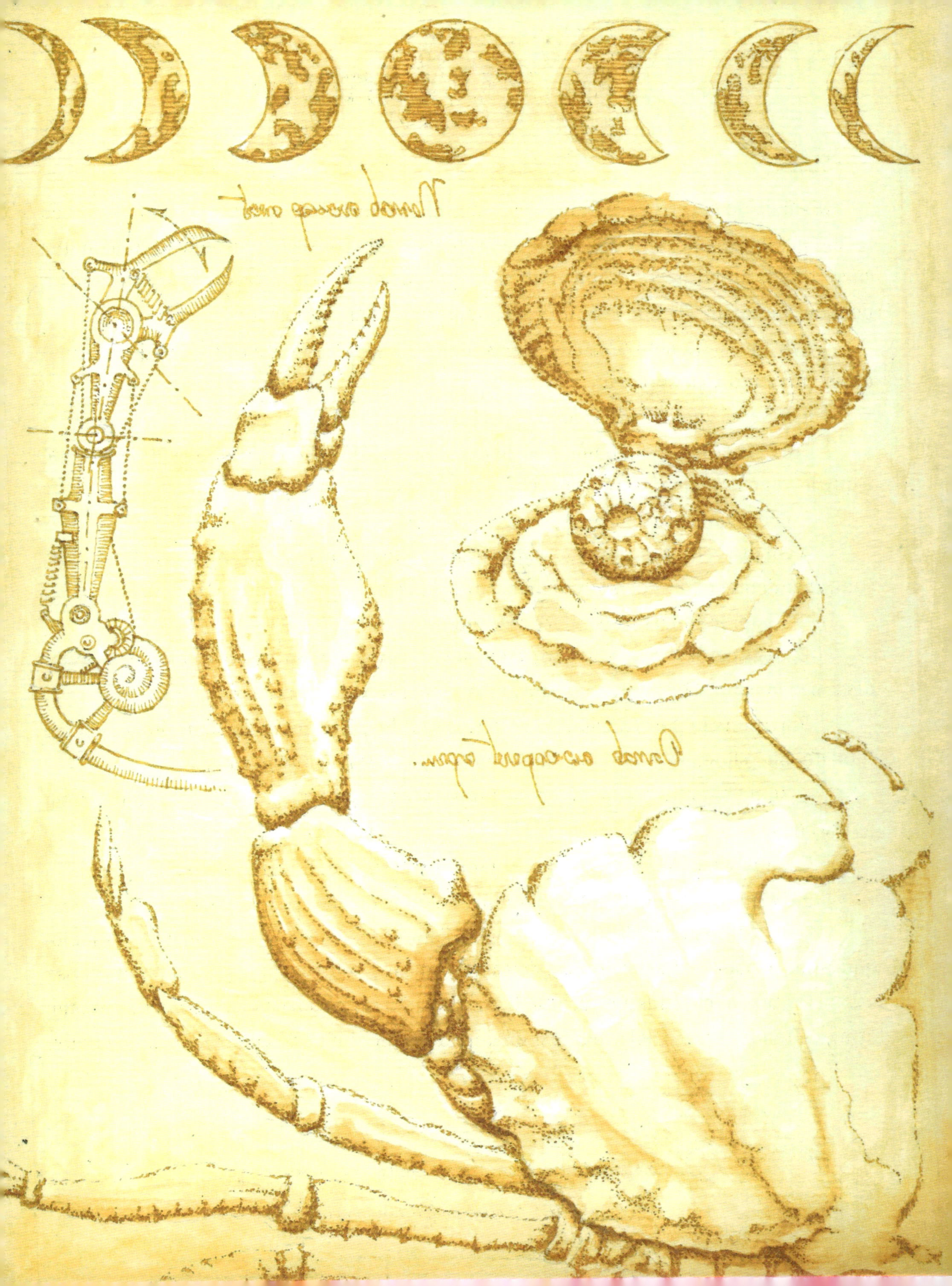

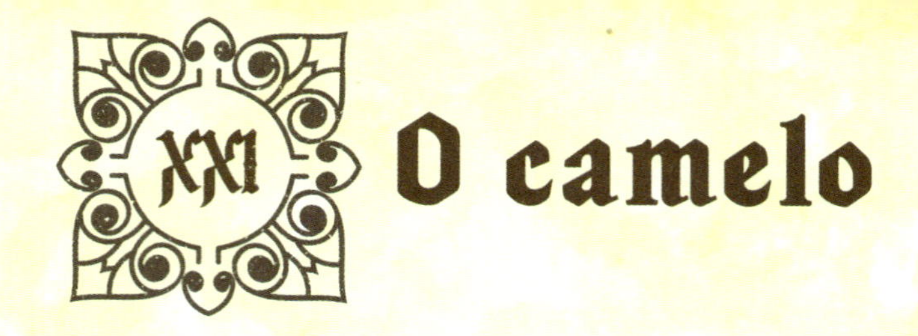

XXI O camelo

No meio do deserto, próximo a algumas tendas, um camelo estava de joelhos, olhos fechados e muito paciente a esperar que seu dono terminasse de carregá-lo com alguns sacos de suprimentos. Após um, dois, três, quatro, cinco, seis, sete, oito sacos, o camelo pensou: "Será que ele não vai parar de pôr sacos nas minhas costas?".

Por fim, o homem parou, e, ao estalar a língua, o camelo se pôs em pé. O dono disse, puxando-o pela rédea:

– Vamos, vamos embora...

No entanto, o camelo não moveu nem um músculo do corpo e não deu um passo, o que levou o dono a falar mais alto:

– Eeee, vamos... Vamos...

Nem as orelhas do camelo se moveram, e ele fincou as patas na areia. O homem, compreendendo o animal, soltou um suspiro e disse:

– Compreendo o que está acontecendo.

E, sem perder tempo, retirou dois sacos das costas do camelo, que, satisfeito, disse a si mesmo: "Este, sim, é um peso justo; agora podemos seguir".

Partiram em passos vagarosos, mas ritmados, e no meio do caminho, quase no final do dia, o homem achou que ainda poderiam chegar à aldeia e disse:

– Vamos, tenha coragem; precisamos chegar ainda hoje, antes do anoitecer, na nossa casa.

O camelo travou. Não deu mais nenhum passo. O dono, então, disse:

– Coragem... Somente faltam alguns quilômetros para chegarmos.

– Ah, como doem as minhas pernas... Estão cansadas – foi a resposta do camelo, que, após pensar com seus botões, deitou-se no chão sobre as patas e fechou os olhos.

O homem entendeu o recado. E, descarregando os sacos das costas do camelo, armou a tenda. Ali, no deserto, ao lado de seu companheiro de viagem, passou a noite.

O respeito é um sentimento nobre que diz muito sobre quem você é.

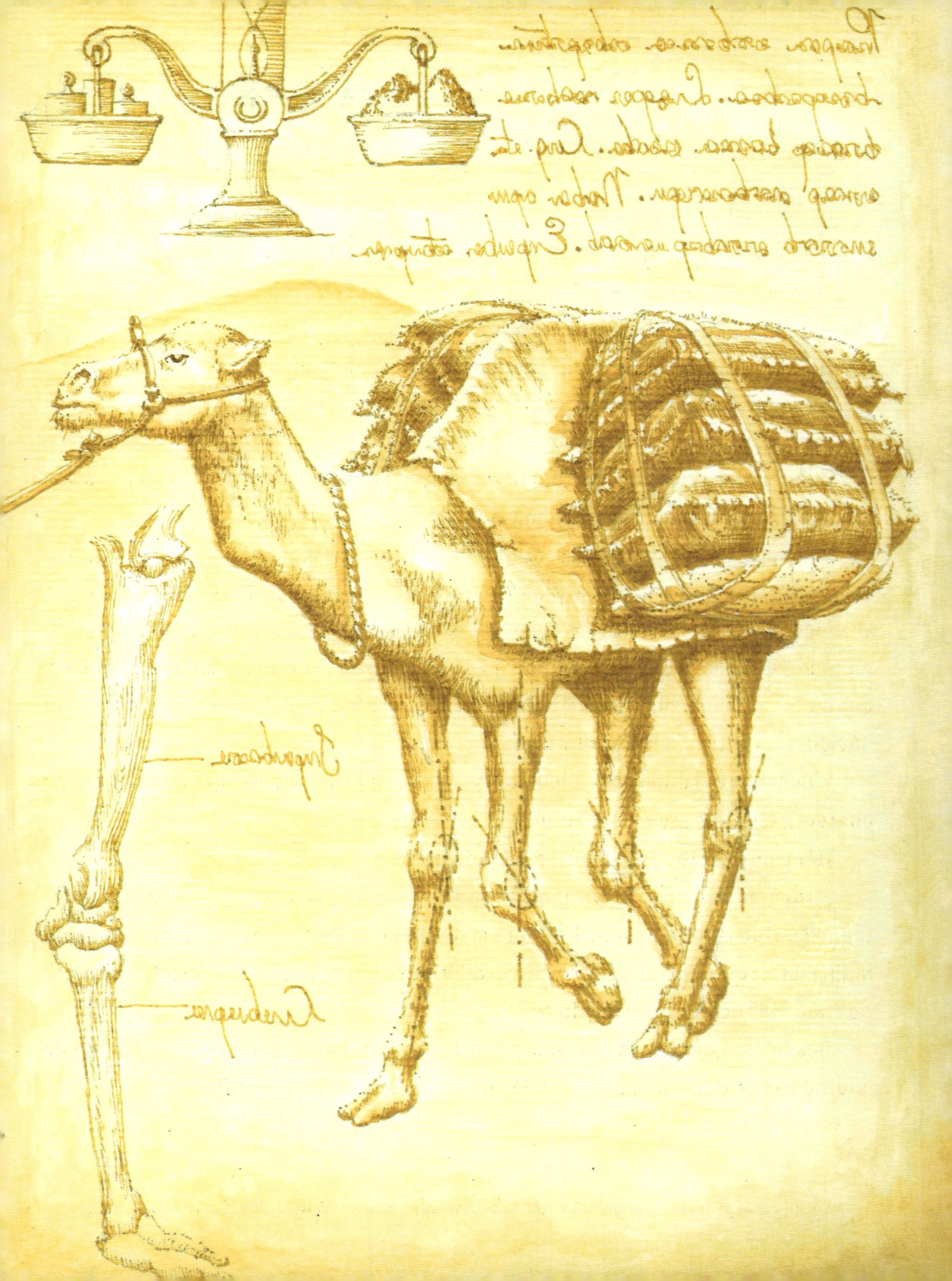

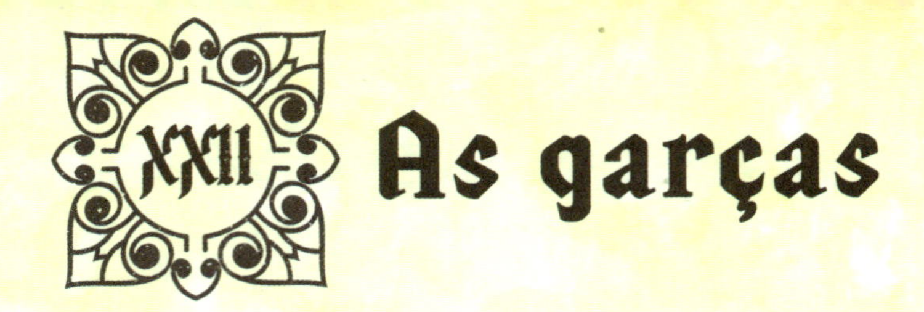
XXII

As garças

Havia um bondoso rei que, apesar de só fazer o bem, tinha muitos inimigos. Porém, o monarca também tinha servos fiéis e leais: as garças, que viviam preocupadas com a segurança de Vossa Majestade – principalmente quando caía a noite, uma vez que os oponentes do rei poderiam atacar o palácio e aprisioná-lo.

Diante desse perigo sempre batendo à porta, diziam umas às outras:

– Temos que pensar com calma sobre como procedermos. Como confiar nos cães que passam o dia caçando e a noite dormindo?

– Não devemos confiar em ninguém, a não ser em nós mesmas, se quisermos que Sua Majestade tenha noites tranquilas.

Com base nessas discussões, as garças se tornaram sentinelas e, ao se dividirem em grupos, tomaram postos no palácio, fazendo a segurança do rei – sempre se revezando para não se cansarem demais. Dessa forma, o maior grupo montou guarda no prado que cercava o palácio todo; já outras garças ficaram a proteger as portas; quanto às últimas, guardaram a porta de Vossa Majestade. De repente, veio uma dúvida, e as garças se perguntaram:

– Bem pode acontecer de algumas de nós cairmos no sono enquanto montamos guarda, e isso nos preocupa muito.

Uma garça, das mais sábias, respondeu:

– Há uma maneira de evitar que o sono nos pegue. Cada garça que estiver montando guarda pegará uma pedra com um dos pés e, enquanto estiver parada, deverá mantê-la levantada. Porventura, se cochilarmos e a pedra cair, seu barulho, ao tocar no chão, nos acordará de imediato.

Desde esse dia, as garças fazem a proteção do palácio e do rei e, mudando de guarda a cada duas horas, jamais deixaram uma pedra cair no chão.

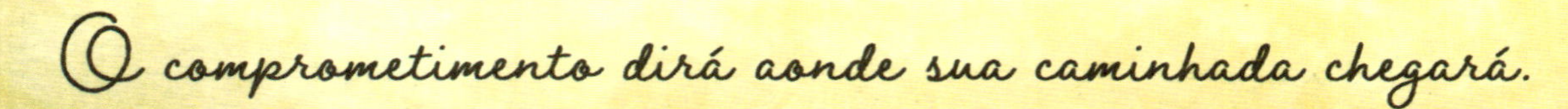
O comprometimento dirá aonde sua caminhada chegará.

XXIII O íbis

Não tardou, e um jovem íbis, por fim, aprendeu a voar e a correr. Essa ave, além de ser inquieta, era endiabrada e não ouvia sua mãe. Somente parava quando dormia. E, nas saídas para buscar alimento, não poupava nada: comia tudo que encontrava pelo caminho, não importava o quê. Comia sem pensar e parar.

Certa vez, a mãe notou que seu irrequieto filho não saiu do ninho para buscar alimentos e, ao se aproximar, viu que ele estava com uma quase insuportável dor de estômago. Tocou a jovem ave com o bico e os pés e verificou que seu filhote ardia em febre. A mãe ficou muita assustada e apreensiva e, temendo o pior, disse ao filho, numa mistura de contrariedade e carinho:

– Você não me escuta e sai comendo tudo que encontra pelo caminho. Veja no que deu! Eu já lhe disse: cuidado com o que leva à boca. Se não souber, pergunte. Deixe de ser guloso e de pensar com o estômago. Foi esse alimento que lhe fez mal. Aguarde quietinho aí, que já volto. Vai sarar.

Voando o mais rápido que podia, a mãe foi até um lago e, enchendo o bico com a mais pura água, voltou para o ninho. Em seguida, enfiando o longo bico no fundo da garganta do filho, derramou elixir para a cura dele.

Cuidado com a gula: ela é a inimiga de uma vida equilibrada.

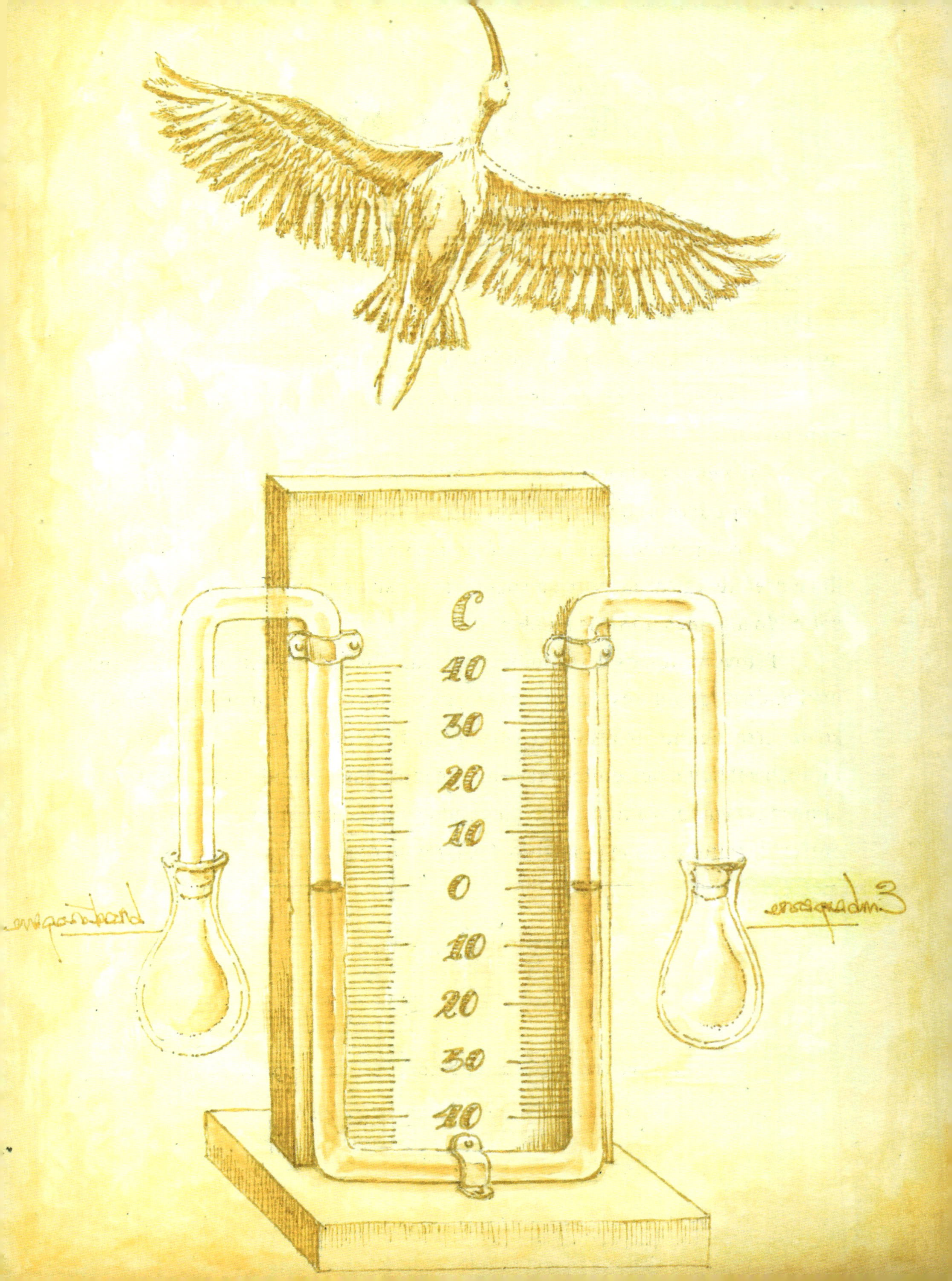
C
40
30
20
10
0
10
20
30
40

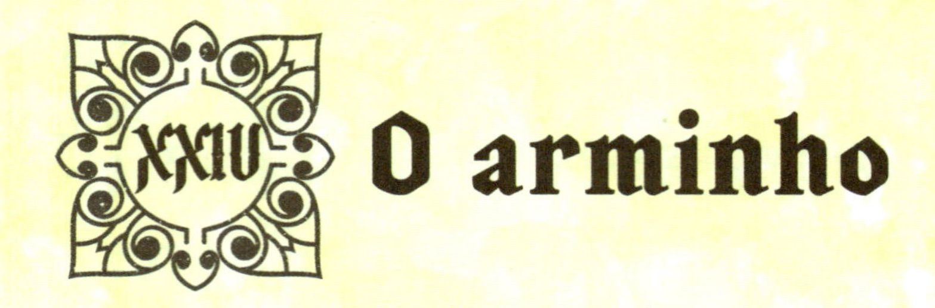

O arminho

Certa manhã, estava uma astuta raposa almoçando muito tranquilamente, quando viu se aproximar um belo arminho, de pelagem bem branca e de passadas elegantes. Como estava de barriga cheia, disse ao visitante:

– Meu caro arminho, não gostaria de almoçar? Aqui há o bastante para nós dois.

Nariz empinado e cuidadoso, o arminho respondeu:

– Agradeço o convite, amável raposa, mas já almocei.

– Arminhos são vaidosos até no respirar, alimentam-se uma vez por dia e preferem ficar de barriga vazia a sujar sua alva pele – disse a raposa, soltando algumas irônicas risadas.

Estavam nessas distraídas conversas quando, de repente, apareceu um bando de caçadores. Como um raio, a raposa correu para uma toca debaixo da terra; quanto ao arminho, correu como o vento para seu abrigo; no entanto, o sol havia derretido a neve de sua morada, deixando tudo um grande lamaçal. O vaidoso animal, não querendo sujar a branca pele, teve receio de entrar e hesitou por um momento. Foi quando os caçadores o pegaram.

Quem se curva à vaidade se torna
presa do próprio reflexo.

XXV A lagarta

Primavera. Uma solitária folha, no alto de uma árvore, tinha uma lagarta sobre ela. Da posição em que se encontrava, a lagarta olhava no entorno os movimentos de outros insetos que saltavam, cantavam ou voavam felizes – uma festa da natureza. Sentiu-se muito triste, uma vez que era, entre aquelas criaturas, a única que não sabia cantar, pular, voar.

Decidiu, então, sair daquela folha em que estava e foi tão lentamente que levou um enorme tempo para passar para outra folha – um esforço tão grande que parecia ter caminhado pelo mundo, de uma ponta à outra. Aquela lagarta era somente gentileza: não invejava nenhuma outra criatura, e a única coisa que se passava na sua cabeça, e da qual tinha certeza, era que criaturas de sua espécie teciam com habilidade finos fios para construir suas casas. Começou a tecer seus fios pacientemente, e não tardou em ter seu casulo de seda, que a abrigou e a envolveu confortavelmente. Então, separada dos sons e dos movimentos do mundo, a lagarta disse:

– E o que faço agora?

– Agora, terá paciência; espere e logo verá – respondeu uma amável voz.

Um dia, a lagarta acordou. Que estranho: já não era mais uma lagarta. Então, fazendo certa força, saiu do casulo. Agora tinha duas lindas e coloridas asas e, sem perder tempo, saltou para o espaço, voando feliz para o mais alto céu.

A serenidade é a chave que abre as portas das conquistas.

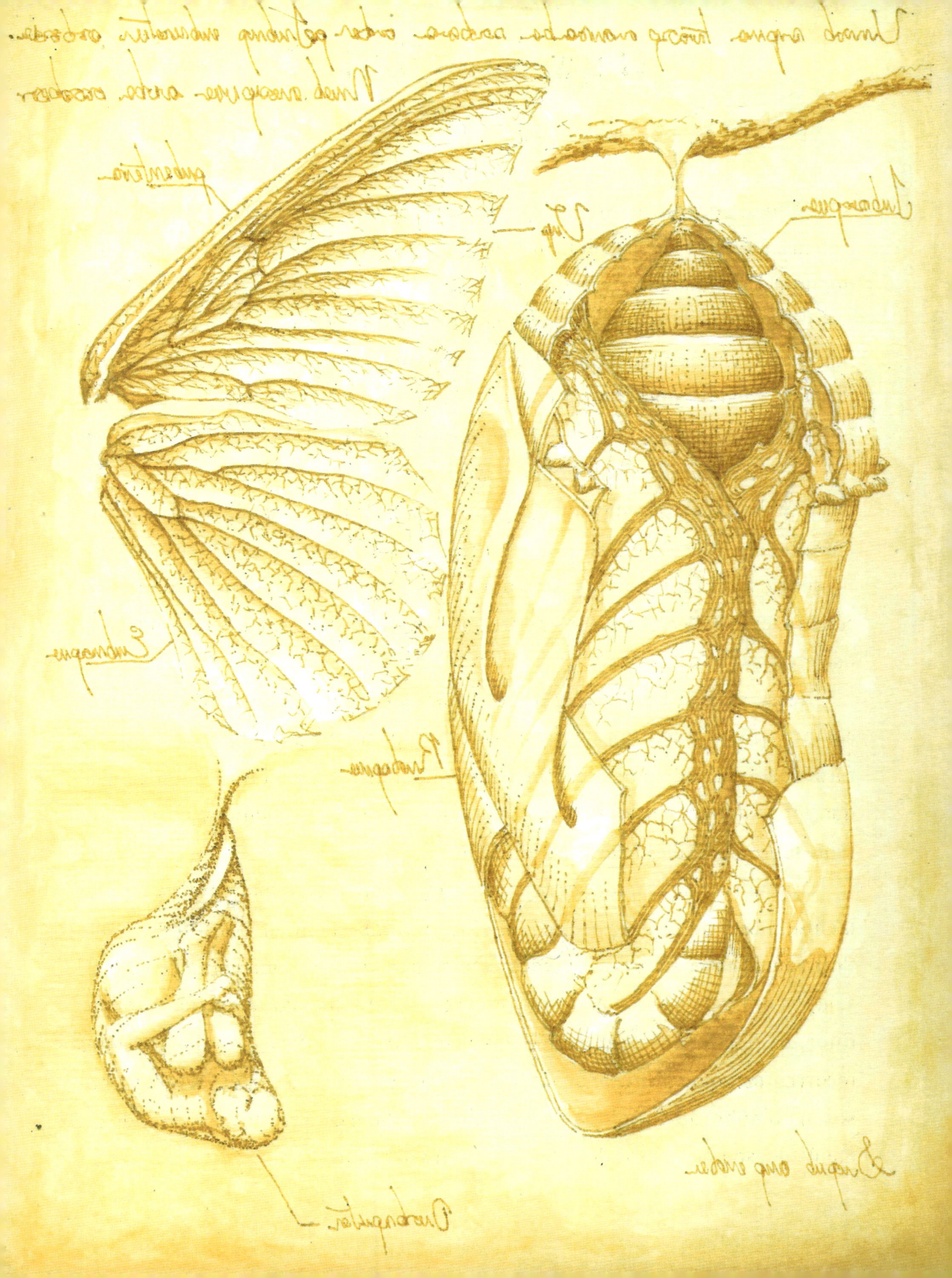

O que são fábulas?

Fábulas são narrativas que instruem e divertem, trazendo reflexões morais e éticas, podendo ser em verso ou prosa, e suas personagens são representadas por animais, elementos da natureza ou seres humanos. A palavra deriva do vocábulo latino *fari* (falar), e seus registros são muito antigos, encontrados na literatura de vários povos. A fábula é, em si, uma alegoria, uma prosopopeia, um produto ético da imaginação humana. Fabulistas como Esopo, Fedro, Plínio, Jean de La Fontaine, Monteiro Lobato e Leonardo da Vinci são responsáveis por instruir e divertir a humanidade durante séculos.

Por ser um gênero da tradição oral, muitas fábulas têm várias versões. No entanto, graças a estudiosos e entusiastas, como o monge grego Planúdio, que, no século XIV, reuniu e arquivou um vasto número de apólogos e fábulas na célebre obra *Vida de Esopo*, essas preciosas narrativas foram preservadas para as gerações futuras.

Nesse gênero literário, os protagonistas e antagonistas são conhecidos como "personagens-tipo", já que representam comportamentos coletivos de forma generalizada. Por exemplo, o lobo simboliza a brutalidade e a força usadas para subjugar a inocência e a fragilidade do carneiro, enquanto as formigas representam o trabalho árduo e a união.

Originárias de diferentes culturas e marcadas pelos imaginários e pelas mentalidades de cada época, as fábulas literárias mantêm estrutura comum. Entre suas características, destaca-se o comportamento antropomórfico – ou seja, os animais agem e pensam como seres humanos. Por meio de seus conflitos, as fábulas revelam qualidades e defeitos de caráter, abordando temas recorrentes, como a vitória da inteligência sobre a força, a derrota dos orgulhosos, a humilhação da vaidade diante da humildade e a luta entre a verdade e a mentira, espelhamentos do comportamento humano.

Quem foi Leonardo da Vinci?

Leonardo da Vinci foi, e é, uma das pessoas mais curiosas e intrigantes da história. Suas invenções e descobertas, com base em sua incrível capacidade de observação da natureza, unindo ciência e fantasia, é até hoje motivo de grandes reflexões pela ciência moderna.

Autodidata e polímata, foi um homem muito à frente de seu tempo e realizou estudos e experimentos em anatomia, engenharia, matemática, óptica, arquitetura, urbanismo, botânica, escultura, música, filosofia, letras. Inventor e escultor, deixou para as gerações posteriores preciosos e significativos caminhos para as ciências e as artes. Nasceu no dia 15 de abril de 1452, em Anchiano, pequena aldeia da Toscana, próxima a Vinci, na Itália – de onde advêm seu sobrenome.

Entre as tantas obras de arte de Da Vinci estão a *Mona Lisa*, a *Última Ceia*, a *Anunciação* e *O Homem Vitruviano*, além de suas invenções científicas reconhecidas e aperfeiçoadas mundialmente. Esse gênio da humanidade foi criado pelos avós, era canhoto e escrevia da direita para a esquerda. Além disso, era vegetariano e, curiosamente, sempre ia às feiras comprar pássaros, para depois soltá-los na natureza.

Faleceu aos 67 anos, no dia 2 de maio de 1519, em Amboise, França.

Enigma

Escreva aqui o que descobriu ao revelar o enigma.

Eraldo Miranda

Escritor, graduado em letras-literatura portuguesa pela UNG, crítico literário pela PUC-SP, pesquisador de literatura oral folclórica, literatura infantojuvenil e ações didáticas para o estímulo de habilidades e competências leitoras. Nasceu em Alumínio, pequena cidade cortada pela rodovia Raposo Tavares, no interior paulista, e passou a maior parte da infância em Tatuí, com os muitos irmãos e os pais, José e Marta, que sempre lhe deram liberdade para ser criança. Nos mais de quinze anos de carreira literária, possui obras de grande contribuição para a literatura infantojuvenil nacional que o levam a viajar pelos cantos do mundo para encontros em bate-papos literários com a infância de todas as idades.

Du Andrade

Du Andrade nasceu na vibrante capital paulistana, e, desde os primeiros raios da infância, o desenho livre se revelou como uma forma de expressão e uma ferramenta mágica de criação e metamorfose em suas brincadeiras. Curioso e atento aos sussurros da natureza e das coisas, nutria uma paixão ardente pela aviação; em qualquer recanto, bastava-lhe um pedaço de papel e um lápis para fazer surgir, na imaginação, tantas asas quanto o coração desejasse. Graduado em arquitetura e urbanismo pela Belas Artes de São Paulo e também licenciado em Artes Visuais, por meio do desenho, continua a transformar papéis em janelas que se abrem para sua imaginação, dando vida aos sonhos dos escritores e dos leitores.

Resposta do enigma

No tempo em que a arte, a ciência e a fé se unirem, encontraremos o propósito da vida humana no planeta Terra e no universo.

A ilustração de capa é uma releitura de uma pintura famosa de Leonardo da Vinci, *A última ceia*, uma das obras mais emblemáticas do artista. Ela contém **12 apóstolos**, **Jesus**, **12 animais** (**25 elementos**).